Wilhelm Immanuel

Anna-Rose
oder
Wachet und betet

Wilhelm Immanuel

Anna-Rose

oder

Wachet und betet

Eine wahre Geschichte

Mit einem Brief einer Mutter
an ihre erwachsenen Kinder

Verlag der Lutherischen Buchhandlung
Heinrich Harms • 29393 Groß Oesingen
2001

ISBN 3-86147-223-6

Herstellung:
Druckhaus Harms
Martin-Luther-Weg 1 - 29393 Groß Oesingen
Telefon (0 58 38) 99 08 08 - Telefax (0 58 38) 99 08 09

Zu beziehen durch:
Verlag der Lutherischen Buchhandlung
Martin-Luther-Weg 1 - 29393 Groß Oesingen
Telefon (0 58 38) 990 880 - Telefax (0 58 38) 702

Inhaltsverzeichnis

I.

„Der Herr ist mein Hirte; mir wird nichts mangeln.“

In einem Dorfe Oberschlesiens lebte ein frommer, fleißiger Arbeitsmann – wir wollen ihn Günther nennen – mit seiner lieben Frau und seinen neun gar prächtigen Kindern bei aller Armut doch fröhlich und seelenvergnügt. Wenn die Frau bei spärlichen Einnahmen zuweilen seufzen und klagen wollte, dann sagte der Mann: „Sei still, Weib, wir haben Gottes Wort und unser Stücklei Brot, sprich, was hat's da weiter not? Der den Schlüssel hat zum Himmelreich, sollte der nicht auch haben den Schlüssel zum Brotschrank und zum Kleiderschrank? Weißt du nicht, wie's in der Schrift heißt: ‚*Euer* himmlischer Vater nährt die Vögel unter dem Himmel und kleidet die Lilien auf dem Feld!' Sollte Er uns, Seine Kinder, vergessen, verlassen und versäumen können? Nein, ich bleib' dabei: ‚*Der Herr ist mein Hirte.*'“

Sichtlich war Gottes Segen mit dem Güntherschen Hause. Krankheiten, die durchs ganze Dorf gingen, machten vor seiner Tür halt oder meistens gleich rechts- und linksum kehrt. Der Doktor hatte dort nie etwas zu tun, und die Rechnung aus der Engelapotheke in dem Nachbarflecken hätte auch der ärmste Bettelbub bezahlen können, denn sie belief sich auf keinen kupfernen Kreuzer oder fuchsigen Pfennig. Günthers kleines Feld trug jährlich in reicher Fülle. Sein Vieh gedieh. Sein Name war im ganzen Dorfe hochgeachtet. Selbst der dicke Schmied Streitholz, der sonst mit jedem gern Händel anfing und selbst vor dem reichen adeligen Gutsherrn seine große Nase sehr hoch hielt, und sich von keinem, wie er sagte, gern darauf herumspielen ließ, wiewohl Platz genug dazu auf ihr gewesen wäre, – selbst Streitholz hatte vor dem armen Arbeitsmann Günther gewaltigen Respekt.

Wenn im „Kruge“ weidlich auf die „Frommen und Pietisten, auf die Kopfhänger und Betbrüder“ oder auf die „Feinen“, wie man sie anderswo nennt, geschimpft wurde und man sie alle ohne Unterschied in die erste Rangklasse der „Generalheuchler und Augenverdreher, Mucker und Duckmäuser“ versetzte, dann sagte Hahnefritze, der Wirt zum Schwarzen Bären: „Mit den Betbrüdern, wißt ihr, habe ich auch nicht viel im Sinn, mitsamt ihren Schwestern, ich kann die ganze Sippschaft durch die Bank nicht leiden. Aber einen nehme ich aus: das ist ein ehrlicher, grader Kerl, dem keiner was nachsagen kann. Ich meine unsern braven, treuen Kasper Günther." – „Das ist wahr, das ist wahr!" schrien alle wie aus *einem* Munde und taten aus ihrer großen Bierkanne einen herzhaften Zug, wie wenn sie sich selber für ihre Anerkennung fremder Tugend beloben und belohnen müßten.

So ging's im Güntherschen Hause lange Jahre unter Gottes Gnadenbeistand und Seinem reichsten Segen. Die Losung des Hauses war und blieb: *„Der Herr ist mein Hirte."* – Das wußte auch der Pfarrer des Ortes. Darum gab er der Anna-Rose, dem ältesten Kinde der Güntherschen Familie, zum Konfirmationsspruch Psalm 23, 1. Ihr wißt doch, was da steht? Und wer's nicht weiß, der nehme schnell einmal die Bibel zur Hand und schlage nach und lerne das köstliche Wort vom ersten bis zum sechsten Verse auswendig. – Unsre Väter liebten's sehr. Hab's in mancher Hausbibel rot angestrichen gefunden. Meine liebe, selige Mutter sagte von diesem Psalm: „Das Wort ist ein Zauberwort, das alle bösen Geister bannt und keine Sorge und kein Grämen ins Haus läßt. Der Schmerz klopft an, pocht an, will die Tür aufbrechen und kommt doch nicht herein, wenn dies Wort die Wacht an seinen Toren hält!" Probiert's nur einmal damit, und Gott segne euch die Probe! –

Es hat einmal einen Mann gegeben, einen berühmten, großen Mann, vor dem alle unsre gelehrten Herren ohne Ausnahme einen tiefen

Bückling machen, und den sie einen der größten Denker aller Zeiten und den einflußreichsten Philosophen Deutschlands nennen, – dieser Mann hieß Immanuel Kant, und dieser größte Denker hat gesagt: „Alle Bücher, die ich gelesen, haben mir den Trost nicht gegeben, den mir das Wort in der Bibel gab: *Ob ich schon wanderte im finstern Tal, fürchte ich kein Unglück; denn Du bist bei mir!*“ –

Freilich, den „Kant“ hatte Vater Günther nicht gekannt, aber den „Immanuel“ (Jes. 7, 14; 8, 10) desto besser.

2.

„Und ob ich schon wanderte im finstern Tal, fürchte ich kein Unglück; denn Du bist bei mir.“

Nachdem Anna-Rose eingesegnet war, half sie ihrer Mutter treulich in der Haushaltung. Es war ihr die größte Lust, der Mutter, die *ihr* so lange gedient, nun wieder dienen zu dürfen. Was sie ihr an den Augen absehen konnte, wurde schnell ausgeführt, noch schneller oft, als die Mutter es gedacht und gewünscht hatte. An manchen lieblichen Überraschungen fehlte es auch nicht. Und war’s auch oft nur ein Blumenstrauß, gewunden aus Kindern des Feldes und des Waldes, war's oft nur ein Hemd, das Anna-Rose heimlich fertiggenäht, oder ein Paar Strümpfe, die sie ungesehen in der Morgenfrühe für die kleineren Geschwister fertiggestrickt hatte – alle diese Kleinigkeiten, die sich nicht lehren noch viel weniger befehlen lassen, die aber die Liebe erfindet und mit wenigen Mitteln erfinderisch ausführt, alle diese Kleinigkeiten, welche die Welt geringschätzt und nicht anerkennt, waren in der Mutter Augen gar groß und hochgeachtet. So ging es trotz aller äußeren Not aus Freude in Freude. Aber auch hier sollte sich das Sprichwort erfüllen: „Es ist kein Häuslein, es hat sein Kreuzlein," und: „Jedes Dach hat sein Ungemach."

An dem sechzehnten Geburtstag der Anna-Rose nämlich, als noch eben der Vater mit Weib und Kindern seinen Lieblingspsalm gelesen hatte, wurde Frau Günther plötzlich sehr leidend. Als die Sonne unterging, sank auch die Sonne ihres Lebens. Am Morgen noch frisch und fröhlich im Kreise ihrer Kinder, lag die Mutter abends starr und kalt auf dem Totenbett, in demselben Kreise, der sie am Morgen so fröhlich und nun am Abend so bitter weinend umstand. Ein Lungenschlag hatte sie getroffen. Ihr war kaum so viel Zeit geblieben, die Kinder zu segnen und sich dem Herrn zu befehlen.

Dies war ein tiefer Riß durch das ganze Günthersche Haus und der erste bitterherbe Schmerz, der Anna-Roses junge Seele traf. Sie kam sich vor wie ein Blatt, das vom Baum gefallen; der Baum ist kahl, das Blatt welkt hin. Es war ihr, als sei mit dem Brechen des Mutterherzens auch all ihr Glück zerbrochen. Nur am Grabe ihrer Mutter fand sie Erquickung. Die kleine Bank dort war ihr Lieblingsplatz. Wie viele heiße Gebete wurden da gesprochen, wie viele bittere Tränen da geweint!

Der Vater tröstete sein Kind mit dem alten, trauten Wort: *„Der Herr ist mein Hirte. Und ob ich schon wanderte im finstern Tal, fürchte ich kein Unglück; denn Du bist bei mir!"*

Anna-Rose mußte nun Mutterstelle bei den jüngern Geschwistern einnehmen. Sie leitete ihre zweite Schwester Katharine in der Arbeit an, so daß diese nach einem Jahr dem Hauswesen verständig und umsichtsvoll vorstehen konnte. Da trat Anna-Rose eines Tages zu ihrem Vater: „Ich kann es nicht mehr mit ansehen, Vater, wie sauer du dich für uns quälst. Sieh, Vater, das leide ich nicht länger. Laß mich in den Dienst gehen, Vater, und dir mein Geld bringen zur Aushilfe. Katharine hat schon das Wirtschaften tüchtig gelernt und wird allein fertig werden können, Vater, wenn sie Ostern eingesegnet ist, Vater." Dem Vater traten bei diesen Worten die Tränen in die Augen. Er hing mit ganzer Macht an dem Kinde und wollte lange nicht „ja" sagen. Er sah sein Kind, das bittend vor ihm stand, so innig an, als wollte er seine ganze Seele in diesen Blick legen.

Abschied vom Grab der Mutter

Und was da vorging zwischen Vater und Tochter, – Menschen haben's nicht gesehen, aber die Augen Gottes haben's gesehen, und die heiligen Engel haben sich daran gefreut. – Das Tal war finster, in dem die beiden gingen, – Trennungsschmerz, Scheidensweh, Vater und Kind einander genommen, Geschwisterherzen auseinandergerissen, das liebgewordene, traute Elternhaus nun nicht mehr die süße Heimatstätte! Unter fremder Leute Dach nun schlafen, unter fremder Leute Tisch die Füße setzen! – O wie so dunkel, o wie so nächtig war dieser Weg! Aber über dem finstern Tal stand hell und leuchtend die Gnadensonne, und Vater und Tochter beugten die Knie: *„Dein Wille geschehe!* Deinen Willen *tun* und *leiden* sei der Gipfel unsrer Freuden. Du Beherrscher aller Welt, tu mit uns, wie's Dir gefällt! Amen." –

Als Schwester Katharine Ostern konfirmiert war, – es war ein schmerzlich seliger Tag für das Günthersche Haus, – schnürte Anna-Rose ihr Bündlein und zog zu dem Schulzen nach dem einige Meilen von da entfernten Ort Waldtal in den Dienst als Kindermädchen. In der ganz frühen Morgenstunde war sie vorher noch einmal an ihrem Lieblingsplatz, unter der Traueresche an dem Grabe ihrer Mutter, gewesen. Dort hatte sie heiß gerungen mit dem Herrn, hatte Ihm noch einmal Treue gelobt und Ihn gebeten: *„Ach bleib mit Deiner Gnade bei mir, Herr Jesus Christ! Bleibe bei mir und geh Du mit!* Sieh, die Mutter liegt hier im Grabe, und der Vater kann nicht mit mir ziehen, er muß bei den Kleinen bleiben, da verlaß Du mich nicht!"

Sie pflückte sich ein Veilchen, das aus dem Grabesgrase duftig hervorschaute, und legte es zu Hause in ihre Bibel an die Stelle, wo geschrieben steht: *„Der Herr ist mein Hirte!"* – Als Anna-Rose aus dem Dorf zog, war des Schluchzens und Weinens kein Ende. Alle reichten ihr die Hand. Der alte Schmied, der das Kind von klein auf kannte und liebgewonnen, ihr auch manch rotbackigen Apfel und manche saftige Birne mit seinen rußigen Händen dargereicht hatte, sagte: „Kind, dir kann es nicht schlecht gehen, du hast einen guten Vater, und deiner seligen Mutter Segen folgt dir nach!" Der Herr Pastor stand dabei und wies nach oben: „Ja, Anna-Rose, du hast einen guten Vater! Vergiß nie: *Der Herr ist mein Hirte,* der alte treue Gott ist der rechte Vater über alles, was Kinder heißt im Himmel und auf Erden!" – Anna-Rose sprach Amen dazu, seufzte aber doch leise: „O wie finster ist das Tal, in welchem ich jetzt wandern muß!"

3.

Das Tal wird noch finsterer.

Freundlich wurde Anna-Rose von den Schulzenleuten aufgenommen. Sie wußte sich bald allgemeine Achtung zu verschaffen. Die Kinder hingen an ihr mit zärtlicher Liebe. Denn sie war wie für die Kleinen geschaffen. Ein fröhlich Herz, ein ganzer Sack voll schöner Geschichten aus der lieben Bibel oder von der seligen Mutter her, frische Lieder voll Sang und Klang, eine geschickte Hand, ein erfinderischer Kopf und dabei wieder Ernst, wenn's sein mußte, Freundlichkeit und Gefälligkeit, Anstelligkeit und Flinkheit bei allen Geschäften erwarb ihr die Neigung von Eltern und Kindern. Das Kleinste wollte bald von niemand anders mehr gehalten sein als von seiner „Herzensanna". – Und doch sah's in Anna-Roses Seele oft recht weh und trübe aus. Aber wenn sie an Heimweh litt, las sie in ihrer Bibel und suchte und fand Trost und Erquickung in ihrer „lieben, lieben Kirche".

In tadelloser, musterhafter Weise tat sie ihren Dienst, nicht als den Menschen, sondern als dem Herrn (Eph. 6, 6), nicht nur mit den Händen, sondern auch mit dem Herzen. Ihre selige Mutter hatte ihr oft gesagt: „Beten ist das beste Kinderwarten!" – So wurde sie denn bald allen als Beispiel und Vorbild aufgestellt. Im ganzen Dorf hieß es: „Seht auf Schulzens Anna-Rose, das ist noch ein Mädel!“

Darüber erwachte der Neid. Die Mädchen auf dem Schulzenhof ärgerten sich an dem Lob. Wo sie Anna-Rose etwas in den Weg legen konnten, taten sie's gewiß. Besonders die Kleinmagd, die Jette, wußte sich nicht zu retten vor Gift und Geifer gegen die „Fromme“. Es entstand ein förmliches Komplott unter den Mägden. Sie ersannen offenbare Lügen und brachten sie vor den Hausherrn. Aber jedesmal, wenn die Sache untersucht wurde, ging Anna-Roses Unschuld glänzend hervor. Sie hielt sich ja an den, der ihr Hirte gewesen war bis zu dieser Zeit, und verließ sich nicht auf Menschengunst. Sie wußte: Gott allein *kann* helfen, *will* helfen, *muß* helfen, *wird* helfen. Bei aller Anfeindung blieb sie fröhlich und getrost und sprach: „Meine Seele ist stille zu Gott, der mir hilft!“ – und oft hörte man sie, wenn sie das Kind auf den Armen trug, jubelnd singen, daß es weithin schallte und ihre schöne, volltönende Stimme über den Hof erklang:

„Mein Herze geht in Sprüngen
Und kann nicht traurig sein,
Ist voller Lust und Singen,
Sieht lauter Sonnenschein.
Die Sonne, die mir lachet,
Ist mein Herr Jesus Christ,
Das, was mich singen machet,
Ist, was im Himmel ist.“

So stand sie stets gerechtfertigt und voll Friedens da. Aber das vermehrte nur den Haß ihrer Neider, vielleicht auch ein wenig den geheimen Hochmut der Anna-Rose; denn die böse Giftpflanze hat ja tiefe Wurzeln in jedes Menschen Herzen, und der Widersacher steht überall und allezeit auf der Lauer. – Eines Tages nun hatten die Herrschaft und Dienstleute, wie es in dem Hause die alte gute Sitte war, miteinander an einem Tisch eben zu Mittag gegessen, als die Schulzenfrau, die am Vormittag Leinwand zu neuen Hemden für die Kinder zugeschnitten hatte, ihre Schere vermißte. Sie suchte und suchte, aber die Schere fand sich nicht. Anna-Rose half ihr suchen, die Schere fand sich nicht. Man durchstöberte alle Winkel und Ecken, räumte Tische und Stühle hinweg, aber die Schere fand sich nicht. Sogar der alte nußbaumene Wandschrank, der an seinem Platze gewiß das hundertjährige Jubelfest seiner Aufstellung hätte feiern können, mußte sich's gefallen lassen, von herbeigerufenen Knechten und Mägden sich aus seiner behaglichen Stellung für einige Augenblicke herausbringen zu lassen. Aber die Schere fand sich nicht. Die Schere war weg und blieb weg.

Die Schulzenfrau war außer sich. Die Schere war ein altes, teures Familienstück. Mit dieser Schere wurden seit langer Zeit alle Hemden für die Familienglieder zugeschnitten. Mit dieser

Schere hatte sie ihr Sterbehemd gefertigt. – Alle Leute im Hause wurden einzeln gefragt: „Hast du meine Schere nicht gesehen? Hast du meine Schere nicht gesehen?“ Fast alle hatten sie auf dem Tisch liegen sehen, aber keines wußte, wo sie geblieben war. Die Sache wurde rätselhaft, und niemand konnte das Rätsel lösen.

Da kommt abends spät die Jette, die Kleinmagd, zur Frau und sagt: „Ja, ich wollt's wohl sagen, wer die Schere hat, aber man glaubt es mir ja doch nicht. Es heißt ja doch immer, wir lügen, und nur *eine* von allen kann die Wahrheit sagen und tut so, als ob sie alle Frömmigkeit allein für sich gepachtet hätte! Aber solche Leute haben es gewöhnlich faustdick hinter den Ohren, und zuletzt muß es doch an den Tag kommen. Kein Faden ist so fein gesponnen, er kommt doch endlich an die Sonnen.“ – „Na, wen meinst du denn?“ fragte die Schulzenfrau. „Ja, ich sag's nicht,“ antwortete die Jette. Da rief die Frau ihren Mann, und erst, als der böse wurde und die Jette fortjagen wollte, wenn sie nicht sofort ihren Mund auftäte und mit der Sprache rein herausrückte, sagte sie: „Niemand anders hat die Schere als die fromme, heilige Anna-Rose, unser schönes Muster und Vorbild!“ – Der Schulze und die Frau lachten laut auf: „Du dummes Ding, du, denkst du denn, daß dein Gefasel und Geplapper uns die Anna-Rose anschwärzen könnte? Wenn du nur den hundertsten Teil der Frömmigkeit, die sie in ihrem kleinen Finger hat, in deinem ganzen aufgeblasenen Wesen hättest, so könntest du dir bestens gratulieren und den schönsten Knicks vor dir selber machen."

„Ich hab's ja gleich gesagt," antwortete die Jette, „daß Sie mir nicht glauben würden. Und ich sag's doch und bleib dabei: Anna-Rose hat die Schere vergraben. Darauf will ich mich totschlagen lassen."

Anna-Rose wurde gerufen: „Hast du die Schere?" Sie antwortete ganz ruhig: „Nein, ich habe die Schere nicht." Da wurde die Jette ganz fuchsrot vor Wut und rief: „Du scheinheilige Spitzbübin, du hast doch die Schere, diesmal hilft dir dein Lügen nichts! Du hast die Schere vergraben. Ich habe es mit meinen eigenen leibhaftigen beiden zwei Augen selber gesehen. Schweig nur still, du hast sie in der Erde vergraben!"

Die arme Anna-Rose mußte wirklich schweigen. Sie schlug die Augen nieder und konnte ihre Herrschaft nicht ansehen. Leise liefen ihr die Tränen über die Backen, aber sie konnte kein Wort hervorbringen. „So sprich doch, Anna-Rose," sagte die Frau, „wir wissen ja, daß du unschuldig bist." Aber Anna-Rose sagte nur: „Ich habe die Schere wirklich nicht, wirklich nicht, wahrhaftig nicht!" Dann schwieg sie, und auf alles Hineinreden hatte sie nur eine Antwort: sie schwieg und schwieg. – Und warum schwieg sie? Ach, ein sogenannter *kleiner Fehler,* den sie nicht bekennen wollte, hatte ihr den Mund verschlossen.

Sie hatte nämlich am Morgen Leinwand bleichen müssen und war unmittelbar nach Tisch wieder mit der Gießkanne auf dem Rasen gewesen und hatte das Leinen begossen. Da war ihr der Kopf der Gießkanne oder die „Brause“, der „Spritzer“, wie man ihn auch nennt, heruntergefallen und hatte ein ganz kleines Gänslein oder „Gößelchen“, das erst wenige Tage alt war und gerade über die Leinwand hinlief, getroffen und getötet. Aus Furcht vor Schelte oder Strafe, da schon mehrere der kleinen Dinger umgekommen waren und die Schulzenfrau eine sorgsame Obhut aufs strengste anbefohlen hatte und mit derber Zurechweisung den Knechten und Mägden scharf gedroht, hatte Anna-Rose ihr Unglück – denn das war's doch eigentlich mehr als ein Vergehen oder Versehen von ihr – verschwiegen, und das kleine tote Gänschen unter der Leinwand verscharrt. Die Kleinmagd hatte gesehen, wie sie sich schüchtern nach allen Seiten umgeblickt, dann ein Loch in die Erde gemacht und dann etwas in dasselbe hineingelegt hatte. Jette behauptete nun steif und fest, das könne nichts andres gewesen sein als die vermißte Schere.

Da Anna-Rose im Schweigen verharrte und selbst auf alles Bitten der Schulzenfrau keine Antwort gab, wurden endlich alle irre an ihr. Selbst der alte, ehrliche Roßknecht, der „Pferde-

Jochem", ihr bester Freund, seufzte mit bitteren Tränen in den Augen: „Ach, das habe ich nicht gedacht! Die arme Anna-Rose!" – Er trat vor sie hin und schluchzte wie ein Kind: „Sag's doch nur, Anna-Rose, um Gottes willen sag's doch nur! Es wird dir ja alles vergeben, Anna-Rose! Kind, Anna-Rose, denk doch an deine liebe selige Mutter, denk doch an deinen braven Vater, Anna-Rose! Was wird der sagen! Geh hin, Anna-Rose, und hole die Schere, Anna-Rose!" Anna-Rose antwortete: „Jochem, glaub mir, ich habe wirklich die Schere nicht, gewiß nicht, Jochem!" – Alle fragten wie aus einem Munde: „So sag doch wenigstens, was du unter der Leinwand vergraben hast?" – Anna-Rose schwieg. –

Es ist uns ein unauflösbares Rätsel, das uns hinunterweist in die dunklen Tiefen der Menschenseele, in die grauenvolle Macht und Nacht der Sünde, auch der kleinsten Sünde, daß Anna-Rose hier aus Menschenfurcht oder Eitelkeit oder irgendeinem verborgenen Herzensbann ihre Unvorsichtigkeit nicht gestehen konnte oder wollte. Wahr ist des Dichters Wort: „Es gibt Abgründe im Gemüte, die tiefer als die Hölle sind!" Und was der brave Hans Kaspar Lavater sagt: „ Jeder Mensch hat seine Teufelsaugenblicke!" Darum heißt's allezeit: „Wachet und betet!" – Aus dem feinsten, schwächsten Faden weiß der böse Feind, von dem Epheser 6, 11.12 redet, unbemerkt und heimlich geschickt ein starkes Seil zu drehen, woran er die arme Menschenseele gefesselt und gefangen führt. – Gegen andre das Schwert zu ziehen, ist viel leichter, als es wider das eigene Herz zu zücken. Das hat Petrus klar bewiesen und mit bitterm Weinen schmerzlich bereut. Wir alle haben bis ans Ende an Fr. v. Logaus Worten zu buchstabieren: „Sich selbst bekämpfen ist der schwerste Krieg, sich selbst besiegen ist der schönste Sieg.“ – Menschenfurcht und Menschengefälligkeit sind die zwei gefährlichsten Klippen, an denen unser Gewissen am ersten Schiffbruch leiden kann, wenn unser Lehrer und Meister nicht am Ruder sitzt; und wie leicht geschieht's, daß wir Ihn einmal aus den Augen und aus dem Herzen lassen und ohne Ihn eine Fahrt aufs offene Meer des Lebens wagen. – F. W. Krummacher hat einmal gesagt, und sein Wort ist buchstäblich wahr: „Wenn *unser* Glaube, *unsre* Andacht, *unsre* Zuversicht die Sprossen der Himmelsleiter wären, wir brächen alle mit der Leiter auf halbem Weg zusammen, und keiner käme in die Höhe.“ Wir alle versänken in den bodenlosen Tiefen der Sünde und des Verderbens. Der Weg zum Verderben ist leicht; man findet ihn blindlings. – Wer hätte jemals schon sein Herz, das trotzige und verzagte Ding, ergründet? Keiner, keiner! – Anna-Rose hat sich selber späterhin oft darüber ausgesprochen, wie es ihr gewesen sei, als ob ein schwerer Bann, ein Zauberbann ihr den Mund zugehalten und ihrem bekennenden Worte gewehrt habe. *Ausreden* mochte sie auch nicht; denn sie gedachte, wie ihr Vater oft das Sprichwort gebraucht habe: „Flieht die *Ausreden*, sie sind fürwahr die Gevatterbitter aus des Teufels Kindtaufe.“ –

Alle im Hause waren durch diese unerwarteten Vorgänge und Auftritte so überrascht, verwirrt und erregt, daß es niemand, was doch so nahe lag, einfiel, zu Anna-Rose zu sagen: „Komm mit zu der Leinwand und zeig uns die Stelle, wo du etwas vergraben hast, wir werden sie untersuchen.“ Der Schulze samt seiner Frau hatten felsenfest der Anna-Rose vertraut und in sie wie in einen goldenen Kelch gesehen. Diese trübe Entdeckung und Erfahrung hatte ihn zu schmerzlich betroffen. Er seufzte nur tief und bekümmert und klagte laut: „Das tut mir weher, als wenn mir ein Kind gestorben oder mein bester Brauner gefallen wäre.“ Seit dieser Zeit war er ernst, traurig und noch stiller als früher.

Bei allen stand es nun fest, Anna-Rose sei eine verstockte Sünderin, alle ihre Frömmigkeit nur Schein, nur Heuchelei, ihr ganzes Wesen sei angefressen von innerer Unlauterkeit. Man gab sie auf und ging ihr aus dem Weg. Wo sie sich sehen ließ, zischte es: *„Scherendieb, Scherendieb!“* Von Mund zu Mund lief die Kunde durchs ganze Dorf: *„Anna-Rose hat im Schulzenhause die Schere gestohlen.“* Die jungen Burschen im Dorf, denen das schöne Mädchen Tanz und Wirtshaus immer abgeschlagen, sangen ihr zum Spott:

„Wer hat Anna-Rosel lieb?
Anna-Rosel, Scherendieb!"

Das arme Ding verging fast vor Scham und Angst, und doch wollte das Bekenntnis nicht heraus. Ach, wie sehnte sie sich nach dem Bänkchen am Grabe ihrer seligen Mutter! Wie verlangte sie's nach dem Herzen ihres Vaters! Aber sie mußte alles allein tragen. Und wie leicht hätte sie doch die ganze Last von sich abwerfen können! – Nichts ist bedenklicher als die Verbindung von *Sünde* und *Schweigen*. Darum hat ein Christ immer zu beten: „Herr, wenn ich gesündigt habe, *so schweige Du nicht gegen mich, und laß auch mich nicht schweigen vor Dir und gegen andre!*" – *O wie entsetzlich und fürchterlich ist doch die Macht des Bösen, der Sünde und des Satans über das arme, schwache Menschenherz!* Daß wir es doch nimmer vergäßen, was schon ganz im Anfang der Heiligen Schrift geschrieben steht: *„Die Sünde ruhet vor der Tür, und nach dir hat sie Verlangen; du aber herrsche über sie!"* (1. Mos. 4, 7.) – Anna-Rose herrschte nicht über sie, sondern wurde von ihr beherrscht. Ihr Schweigen wurde ihr je länger, je mehr zur schweren Sünde, deren Fluch entsetzlich auf ihr lastete.

O ihr lieben Leser, wo ihr gefehlt, wo ihr etwas versehen habt, o da bedeckt es nicht und verschleiert es nicht! Mit Offenheit und ohne Rükkhalt tretet hin zu den Euren: „Ich hab's getan, vergebt es mir!" Wer seine Schuld bekennt, dem ist sie schon halb geschenkt, sagt das Volk. Und das Wort des lebendigen Gottes spricht: *„So wir unsre Sünden bekennen, so ist Er treu und gerecht, daß Er uns die Sünden vergibt und reinigt uns von aller Untugend"* (1. Joh. 1, 9).

4.

Des Tales tiefste Finsternis.

Unter Sorgen und Grämen schwanden Anna-Rose die Tage. Sie härmte sich ab, und das blühende Mädchen wurde wie ein schwindender Schatten. Zwar hielt sie sich an ihr Trostwort: *„Der Herr ist mein Hirte!"* Aber es war ihr dann oft, als verberge der Vater vor dem bangenden Kinde Sein Angesicht und lasse es ihm nicht leuchten gleich eines Vaters Angesicht, als wäre Er nicht mehr ihr Abba, ihr lieber, rechter Vater und sie nicht mehr Sein liebes, rechtes Kind. Es stand ja eine Sünde zwischen ihr und ihrem Gott und schied sie und Ihn wie eine Mauer voneinander (Jes. 59, 2).

Ihre Gebete wurden lauer und matter. – Zuweilen zog es wie eine dunkle Wolke der Erbitterung durch ihre junge Seele, daß Gott sie, wie sie meinte, so ganz unschuldig leiden lasse. Sie fühlte sich oft ganz verbannt aus dem Lande des Trostes, und ob sie schon den Frieden mit Tränen suchte, fand sie ihn dennoch nicht. Von den Menschen gemieden, von ihrer Herrschaft mit Mißtrauen und bisweilen selbst mit Härte behandelt, von den Mitdienenden verhöhnt und verspottet, von keinem getröstet oder beraten, da sie keinem sich geoffenbart und vertraut hatte, ging sie traurig und verlassen ihren einsamen Weg, mit ihrem Schmerze ganz allein. – O wie schwer wurde ihr das harte Richten der Menschen! – Es ist merkwürdig, wie die Welt ihren Genossen alle Vergehen schnell verzeiht oder gar nicht einmal anrechnet. Allerlei Lüge und Unwahrheit bringt sie da gern in die große Klasse der sogenannten Notlügen. Es wundert sie nicht, daß die *Dornen* wieder Dornen tragen. Wehe aber, wenn ein gläubiger Christ sich dergleichen *eimal* hat zuschulden kommen lassen! Wehe, wenn *Feigen* nur *einen* Dornenzweig an sich haben! Da gibt's keine Entschuldigung! Da sind ganze Haufen von Steinen bereit, sie auf den Gefallenen zu werfen, und müßten die Splitterrichter sie auch aus dem hartgetretenen Pflaster des eigenen Sündenwegs mühsam herausreißen. – O richte niemand einen andern, da kein Mensch auf der ganzen Welt auch nur *einen* Tag sicher vor demselben Falle und Fehler ist! Lavater sagt: „Sprich nie etwas Böses von einem Menschen, wenn du es nicht gewiß weißt, und wenn du es gewiß weißt, so frage dich: *Warum erzähle ich es?*" Mit Menschen rede nicht von deines Bruders Fehl, sondern mit dem Herrn, und laß uns innig *beten,* daß Er allen Gefallenen auf- und zurechthelfe. Des rechten Richters Amt ist, wieder *auf*zurichten! – Wie so leicht erwächst aus dem Mißtrauen der Unmut und aus dem Unmut der Zweifel und aus dem Zweifel die Verzweiflung, die hinunterführt in Nacht und Grauen, in Sterben und Verderben und in „andre große Schande und Laster".

So erging es der armen Anna-Rose. Es überfiel sie die Verzweiflung wie ein gewappneter Mann. Sie wollte heimlich entlaufen, aber wohin? Sie wollte sich das Leben nehmen; aber dann dachte sie an ihre liebe selige Mutter, an ihren lieben Vater, und das Bild ihrer Schwester Katharine mit den sieben kleineren Geschwistern trat dann in so schmerzlicher Trauer vor ihre Seele, daß sie schnell den Gedanken von sich wies.

Da wurde sie eines Tages von dem Schulzen mit einem Brief in das Nachbardorf geschickt. Dort hörte sie aus jedermanns Mund: „Es ist gestern hier ein Stall abgebrannt! Dort am Ende des Dorfes, Griems Stall ist abgebrannt!" Wohin sie kam, überall erzählte man von Griems abgebranntem Stalle. Jeder Mensch fragte sie: „Bist du schon auf Griems Hofe gewesen und hast den abgebrannten Stall gesehen?" Jeder erzählte von dem Entstehen und Vergehen des Feuers. Es war, als ob die Bewohner des Dorfes keinen andern

Gedanken und kein andres Bild mehr im Herzen hätten als Griems abgebrannten Stall und nur Griems abgebrannten Stall.

Als Anna-Rose auf dem Rückweg war, ging es ihr wieder und immer wieder durch die Seele: „Es ist doch sonderbar, daß in Reinau alle Leute von nichts reden als von dem abgebrannten Stall!" – Und es war ihr, als flüstere eine Stimme ihr zu; „Wie, wenn bei euch auch ein Stall abbrennte, so würde man die *Schere* vergessen und auch nur von dem abgebrannten Stall sprechen!" – Und immer lauter und lauter wurde die Stimme, und zuletzt trat sie als Versuchung an sie heran, übermächtig, riesengroß: „Bei euch, links auf dem Hof, steht ja auch ein Stall, und der ist leer, und es liegt nur Stroh darin; wem würde es schaden, wenn der Stall niederbrennte? – Nimm doch einen Brand und wirf ihn ins Stroh! – Sieh, dann hätte ja all dein Leid ein Ende, und dein Kummer wäre in der Asche des Stalles begraben."

„Hebe dich weg von mir, Satan!" rief Anna-Rose laut aus und kämpfte seufzend und betend gegen die Versuchung. Als sie aber in das Dorf zurückkehrte, standen gleich bei den ersten Häusern einige junge Burschen hinter der Hecke und sangen:

„Wer hat Anna-Rosel lieb?
Anna-Rosel, Scherendieb!"

Vor Scham hätte sie mögen in die Erde sinken Unwillkürlich mußte sie nach dem Stall links auf dem Schulzenhof sehen, und die böse Stimme flüsterte wieder und wieder: „Sieh doch, es ist ja ein alter, verfallener Stall, zu nichts mehr nütze! – was schadet's, wenn der niederbrennt? – Dir aber wird dadurch geholfen!" Abermals überwand Anna-Rose die Versuchung. – Und so ging es weiter von Woche zu Woche, aus Kampf in Sieg und aus Sieg in Kampf. Immer schlug Anna-Rose den Feind; aber hartnäckig machte er immer wieder einen neuen Angriff gegen das arme, geängstete Herz und sandte als seine Häscher den Spott und die Verhöhnung der Dorfjugend, das Mißtrauen und den Argwohn der Dienstherrschaft, die Verachtung und Schmähung von seiten der Dienstleute, die kühle Zurücksetzung und bittere Verkennung ihrer alten Freunde.

Eines Mittags stand sie und kochte den Brei für das jüngste Kind. Da trat der kleine Karl herein, stellte sich vor sie hin und sang:

„Wer hat Anna-Rosel lieb?
Anna-Rosel, Scherendieb!"

Da überkam es sie wie ein namenloses Weh. Sie fühlte, das Blut stieg ihr zu Kopf, und sie hörte selbst ihr eigenes Herz schlagen. Mit stierem Blick sah sie nach oben; dann sah sie das lodernde Feuer und griff wie von Sinnen nach einem Brande auf dem Herd, ließ ihn aber wieder fallen. „Jetzt oder nie!" hieß es in ihr. „Eile, daß du vollendest, was du tun willst! Das ist die einzige Rettung! Du schadest keinem Menschen da-

Die Stunde der Versuchung

mit und bekommst endlich Ruhe vor diesem entsetzlichen Hohn und Haß deiner Verfolger! Was zögerst und zauderst du? Nicht eine einzige Seele auf Erden nimmt sich deiner an! Hilf dir selber! Hörst du nicht, wie sie deine Schande singen? Was du tun willst, das tue bald! Eile, eile!" – Mit zitternden Händen ergriff sie nun abermals einen Brand und trug ihn bebenden Fußes über den Hof. – „Anna-Rose, – Anna-Rose, wohin? – wohin?" klang es in ihr; und wie eine warnende Stimme von oben schlug es laut an ihr Ohr: „Anna-Rose, halt ein, halt ein! – *vorher getan, hernach bedacht, hat manchen in groß Leid gebracht.* – Rette deine Seele! Flieh doch zum Herrn! Weißt denn du nicht: *Der Herr ist dein Hirte!?"*

Sie stand einen Augenblick still, wollte zurück und mußte doch, wie von unsichtbaren Mächten gezogen, wieder vorwärts. Eben wollte sie den Brand wieder aus der Hand schleudern, da klang's ihr vor den Ohren abermals, wie jener verhaßte Sang, lauter und lauter:

„Wer hat Anna-Rosel lieb?
Anna-Rosel, Scherendieb!"

Nun sah und hörte sie nichts mehr als den Klang des Spottes und das Gespenst der Schande. In namenloser Angst, mit abgewandtem Gesicht warf sie das glühende Holzscheit in den alten Stall und rannte nun wie eine Wahnsinnige zurück in das Haus. – Da brach sie zusammen. Es war ihr, als hätte sie keinen Boden mehr unter den Füßen, als erbebte die Erde unter ihr. Die Sonne war ihr untergegangen am hellen Mittag. Dunkle Nacht lagerte sich über ihrer verzweifelten Seele, wie es von Judas heißt: „Da er nun den Bissen genommen hatte, ging er alsbald hinaus. Und es war *Nacht!*“ (Joh. 13, 30.) – Allein wanderte sie in des Tales tiefster Finsternis. *Allein,* ohne Gott, ohne Trost, ohne Helfer, ohne Heiland, ohne Vater, ohne Mutter! Verzweiflung und Vorwurf waren ihre zudringlichen Genossen und schlugen ihren Giftzahn in das gemarterte Herz. Ihr Gewissen klagte sie an mit entsetzlicher Anklage, und als sie hinausstürzen wollte, um Hilfe herbeizurufen, war es ihr, als erschallte hohnlachend eine Stimme: *„Zu spät! Zu spät!“* –

In wenigen Minuten hatte die Flamme das Stroh erfaßt und schlug oben zum Dach des ausgedörrten, mit hölzernen Schindeln bedeckten Stalles heraus. Die Knechte waren auf dem Feld, der Schulze zur Stadt gefahren. Die Frau hatte sich hingelegt, um ein wenig zu ruhen. Nur die Kinder und die greise Großmutter waren zu Hause. Auch sonst im Dorfe waren die meisten Männer bei der Ernte beschäftigt, und wer nur arbeiten konnte, mußte ihnen dabei helfen.

Das Feuer griff bald mit furchtbarer Gewalt um sich. Merkwürdigerweise erhob sich plötzlich ein heftiger Wind, der die Flamme rasch weiter und weiter trieb, ehe Menschenhilfe ihr Einhalt tun konnte. Anna-Rose stürzte sich selbst ins Feuer, um zu retten, was zu retten war. Mit unglaublicher Kraft trug sie eine alte Frau aus dem brennenden Haus des Stellmachers, die, aufs Altenteil gesetzt, in ihrem Hinterstübchen jahrelang auf dem Siechbett gelegen, und an die niemand gedacht hatte bei der allgemeinen Verwirrung und Angst. Mit Lebensgefahr rettete sie mehrere Kinder aus dem zweiten Stock der Försterwohnung. Tollkühn eilte sie in die brennenden Häuser, bis sie selbst lichterloh in Flammen stand und an ihren Händen und Füßen tiefe Brandwunden hatte. –

Doch was sollten wir noch länger bei dieser schmerzlichen Schilderung verweilen? Genug! Fast das ganze Dorf brannte ab, und nur wie durch ein Wunder wurden Kirche und Schule und die angrenzenden Häuser verschont. – „Wie ist der Brand entstanden? Wer hat das Feuer angelegt?“ so fragten alle. Anna-Rose sagte mit einer Stimme, die allen tief durch Herz und Seele drang: „Ach, – ich – ich – hab’s – getan! – Vergebt’s, – vergebt’s! – Ich – ich – hab’s – getan, – doch die Schere habe ich wahrlich nicht gestohlen, die Schere hab’ ich nicht, – o gewiß nicht, gewiß nicht!“ – Danach fiel sie in eine tiefe, langandauernde Ohnmacht.

Kein Mensch wollte ihr dies Geständnis glauben. Da kam der kleine Karl herbei und erzählte, wie Anna-Rose so finster ausgesehen und so laut mit sich geredet habe in der Küche, und endlich habe sie ein brennendes Stück Holz vom Herd genommen und sei damit über den Hof gelaufen. – Allen war die Geschichte ein Rätsel. Die meisten waren wütend auf die „scheinheilige Mordbrennerin". Sie hatten nicht einmal Mitleid mit der Armen, die mit verbrannten Händen und Füßen unter den entsetzlichsten Qualen dalag. Nur der alte Pferde-Jochem wachte an ihrem Bett im Schulmeisterhause, und der liebevolle Pastor sprach zu ihr, als er ihre ernstliche, bittere Reue sah und ihr unumwundenes Bekenntnis hörte, daß sie nur sich anklagte und kein Wort der Entschuldigung und Verteidigung redete: „Sei getrost, mein Kind,

Was niemand sonst kann leiden,
Was alle Menschen meiden,
Das darf zu Jesus kommen,
Und da wird's angenommen!"

Nachdem der Kreisarzt den Transport erlaubt hatte, wurde Anna-Rose in die Nachbarstadt gefahren, wo die Untersuchung geführt werden sollte. Es war aber nicht viel zu untersuchen; denn Anna-Rose gestand offen und ohne Rückhalt alles, was geschehen war, und erzählte haarklein den ganzen Hergang der Sache, von dem Verlust der Schere und dem Vergraben des kleinen toten Gänschens an bis zu ihrer Verzweiflung und der schrecklichen Tat dieser Verzweiflung. Alle waren erschüttert von ihrer Erzählung, und der alte Kreisgerichtsdirektor versicherte: „Ich habe sonst ein festes Herz, das sich nicht so leicht weich machen läßt; aber der Fall geht mir doch zu nahe," und dabei wandte er sich zur Seite, daß niemand seine Tränen sehen sollte.

5.

„Er erquicket meine Seele."

Anna-Rose ertrug jetzt alles mit stiller Ergebung. „Auch die härteste Strafe ist nicht hart genug für mich," sagte sie oft. „Ich habe alles, alles verdient und will's gerne leiden." – Zuweilen aber erfaßte ihr Herz ein tiefes, namenloses Weh, ein unnennbarer, übermächtiger Schmerz. Da konnte sie die ganze Nacht leise für sich hin weinen: „O mein Gott, wie tief bin ich gesunken! – Mußte es dahin mit mir kommen? – O vergib! vergib! O Herr, um Deiner heiligen Wunden willen vergib! vergib! – Sieh, ich wandere im finstern Tal, und mir ist so bange, o so zum Tode bange! Ich erschrecke vor meinem eigenen Herzen, und es wird mir so unheimlich, wenn ich mich selber ansehe. – Und doch, Du kannst nicht lügen, Du hast gesagt – und das wirst Du auch an mir beweisen – Du hast gesagt: *Wenn eure Sünde gleich blutrot ist, soll sie doch schneeweiß werden; und wenn sie gleich ist wie Scharlach, soll sie doch wie Wolle werden.* – Sieh, *meine* Sünde ist blutrot, o wasch sie in deinem Blute weiß! Du, Herr, bist ja unser Fürsprecher bei dem Vater; Du bist gerecht, aber Du machst auch gerecht alle, die an Dich glauben; Du machst auch mich gerecht, Ich bin nicht *allein* in diesem finstern Tal: Du, Herr, bist bei mir, darum fürchte ich kein Unglück. – *Du erquickest meine Seele!*"

Die schmerzlichste Stunde, welche über Anna-Rose kam, war aber die, in der ihr gesagt wurde: „Dein Vater ist gekommen und will dich sehen. Heute nachmittag um drei Uhr soll er zu dir gelassen werden."

Wie ging es da in dem Kindesherzen auf und ab! Wie wechselten Freude und bitteres Weh in ihrer *Seele!* – Anfangs meinte sie: „Ich werd's nicht tragen können, ihm unter die Augen zu treten! Wie wird sein Blick mich treffen! – wie wird mir der Ton seiner Stimme in mein Herz schneiden! – o mein lieber, lieber Vater, den ich mit Herzeleid in die Grube bringen werde! – Und was wird er mir von Katharinchen sagen und von den andern lieben Geschwistern! O mein Gott, mein Gott, hilf mir, hilf mir! Erbarme Dich, erbarme Dich, Gott, mein Erbarmer, über mich!"

Bei diesen Worten barg sie ihr weinendes Gesicht in das Kopfkissen ihres Bettes und war so tief hinabgesunken in den Abgrund des Bangens, ja fast der Verzweiflung, daß sie meinte, die Wellen und Wogen schlügen ihr über dem Kopfe zusammen. „Ach Herr, hilf mir, ich verderbe!" schrie sie empor zu ihrem Herrn. „Ach Herr, strecke auch mir Deine Hand entgegen wie dort dem sinkenden Petrus! Sieh, ich bin ja kein Felsenmann, bin nur ein armes, armes schwaches Geschöpf. Du weißt ja, was für ein Gemächte ich bin!"

Hilf, Helfer, hilf in Angst und Not!
Erbarm' Dich mein, o treuer Gott!
Ich bin ja *doch* Dein liebstes Kind,
Trotz Teufel, Welt und aller Sünd'!

Ich trau' auf Dich, mein Gott und Herr!
Wenn ich Dich hab', was will ich mehr?
Ich hab' ja Dich, Herr Jesus Christ!
Du mein Gott und Erlöser bist!

Mit aller Inbrunst eines geängsteten Geistes, eines geängsteten und zerschlagenen Herzens klammerte sie sich an ihren treuen Herrn und rang mit Ihm wie dort der Mann am Jabbok, bis aus dem Jakob ein *Israel,* ein Gotteskämpfer, Gottessieger, wurde (1. Mos. 32); sie rang mit Ihm wie dort das *kanaanäische* Weib (Matth. 15, 27) und überwand Ihn mit ihrem glaubens- und siegesgewissen: *„Ja, Herr; aber doch!"* Sie ließ Ihn nicht los:

„Uns reuet unsre Missetat,
Die Dich, Herr, erzürnet hat.
Heiliger Herre Gott!

Heiliger, starker Gott!
Heiliger, barmherziger Heiland!
Du ewiger Gott!
Laß uns nicht versinken
in des bittern Todes Not!
Herr, erbarme Dich!“

Nach solchem Ringen mit dem Herrn, wo sie sich zuletzt willenlos und wehrlos wie ein Kind in die Hände des himmlischen Vaters legte und den Heiland der Sünder im Glauben erfaßte, überströmte sie der Friede Gottes und lagerte sich in seliger Verklärung auf ihrem blassen Angesicht.

Da erklang dann leise von ihren zitternden Lippen das urkräftige, tiefmächtige Lied mit seiner ergreifenden Melodie:

„Allein zu Dir, Herr Jesus Christ,
Mein' Hoffnung steht auf Erden;
Ich weiß, daß Du mein Tröster bist,
Kein Trost mag mir sonst werden.
Auf Erden war kein Mensch gebor'n,
Der mir aus Nöten helfen kann:
Ich ruf' Dich an
Zu dem ich mein Vertrauen hab'.

Mein' Sünd'n sind schwer und übergroß
Und reuen mich von Herzen,
Derselben mach mich frei und los
Durch Deinen Tod und Schmerzen
Und zeig mich Deinem Vater an,

Daß Du hast gnug für mich getan!
So werd' ich los der Sünden Last.
Herr, halt mich fest –
Was Du mir teu'r versprochen hast!"

Der erfahre Anstaltsgeistliche, dem der Herr die Gabe verliehen, die Geister zu unterscheiden und zu prüfen, ob sie aus Gott sind, betete oft mit ihr, wenn ihre Sündenschuld sie zu tiefschmerzlich wieder niederbeugen und ihr den Zugang zum Vaterherzen wehren wollte. Eines Tages brachte er ihr ein kleines Bild mit, das ihr große Freude machte. Es war ein Christuskopf mit der Dornenkrone. In den schmerzerfüllten Augen standen zwei dicke, schwere Tränentropfen. Aus dem wehmutsreichen Angesichte des „Lammes Gottes, des Sündenträgers aller Welt", leuchtete die vollste Hingebung der Liebe: Ja, Vater, ja von Herzensgrund! leg auf, Ich will Dir's tragen!" Nicht genug konnte Anna-Rose dies köstliche Bild ansehen, nicht genug dafür danken. Aber wie wurde es ihr noch weit werter, als ihr der Pastor von der Dornenkrone erzählte, wie sie aus dem Gewächs des Fluches (1. Mos. 3, 18) geflochten sei, wie der gute Hirte dem verlorenen Schaf nachgekrochen sei bis in den Dornbusch des Zornes Gottes; „darüber ist Ihm ein Ast an Seinem Haupte hängengeblieben, das nennen wir Seine Dornenkrone! Aus diesen Dornen sprießen uns die Rosen der erbarmenden Liebe, der vergebenden Gnade Gottes.

Darum preist Graf Zinzendorf in seinem ersten Liede den Herrn mit der Dornenkrone:

„Schauet! Mein Jesus ist Rosen zu gleichen,
Welche den Purpur mit Dornen umhüllen;
Seine Holdseligkeit trotzet den Sträuchen,
Welche die Felder um Jericho füllen.
Sollen drum heilen die Wunden der Sünden,
Müssen uns einzig *die* Blätter verbinden."

Wie begierig lauschte die Tiefgebeugte dem erquickenden Worte des Predigers, labte es ihr dürstendes Herz, wie der Regen das dürre Land, als er sie das Lied lehrte, das dem Bilde die Sprache lieh:

„Deine Dornen meine Rosen,
Deine Pein mein Paradeis!
In Ägyptenland ein Gosen
Schuf dem irren, heimatlosen
Joseph nur Dein blut'ger Schweiß!
Deine Dornen meine Rosen,
Deine Pein mein Paradeis!

Deine Dornen meine Rosen,
Deine Pein mein Paradeis!
Will erbarmungslos des Mosen
Fluchstrahl mich zur Hölle stoßen,
Dein Kreuz bleibt mein Aaronsreis!
Deine Dornen meine Rosen,
Deine Pein mein Paradeis!

Deine Dornen meine Rosen,
Deine Pein mein Paradeis!
Sel'ges Los von allen Losen:
Krankt mein Herz, daß ich den großen
Arzt für Herzenswunden weiß!
Deine Dornen meine Rosen,
Deine Pein mein Paradeis!"

Nach solchen Unterredungen ward ihre Seele still und froh, und es drängte sich wieder das alte liebe Wort hervor: *„Der Herr ist mein Hirte; Er erquicket meine Seele!"*

6.

„Dein Stecken und Stab trösten mich."

Wie soll ich euch das Wiedersehen zwischen dem Vater und seinem Kind beschreiben? Ich vermag's nicht. Da müßt ihr die lieben Engel fragen, die zugeschaut haben. – O Wiedersehn, wie schön bist du! du reichst dem Sehnen süßen Trank; ins Herze, von der Trennung krank, senkst du des Himmels sel'ge Ruh'. – Und doch ist's wahr, was die Weisheit spricht: „Das erste Wiedersehen eines Freundes nach großem Leid erneuert unsern Schmerz." –

Der alte Kaspar Günther hatte seinen dunkelgrünen, langen Sonntagsrock angezogen. Es war derselbe Rock, in dem er mit seiner seligen Marie dereinst an den Traualtar getreten war, in dem er seine neun Kinder zur Taufe und seine liebe Anna-Rose und Katharine zur Einsegnung geleitet hatte. Wie viele Gebete hingen an dem Rocke! Wie manche heimliche Träne hatte der mit seinem Ärmel abgewischt! –

Als die Tür aufgetan wurde und Vater Günther in das Zimmer trat, wo sein Kind, sein liebes, blasses Kind mit den rotgeweinten Augen im Bett lag, da breitete er die Arme weit aus: *„Anna-Rose, o meine liebe, liebe Anna-Rose,* wie hab' ich dich so innig lieb! Bist mein Herzenskind, bleibst mein Herzenskind in alle Ewigkeit!" – Da konnte er nicht weiterreden. Schluchzen und Weinen erstickten seine Stimme. Er bedeckte sein Kind mit heißen Küssen und zog sie wieder und immer wieder ans warme, treue Vaterherz.

„O lieber Vater! O mein Herzens-, Herzensvater!" rief Anna-Rose, „wie bist du doch so gut, so gut! – gegen mich so gut, die ich so viel Weh über dein Herz und so viel Schimpf und Schande über dein Haus gebracht habe! O Vater vergib! O Vater, sieh, deine Liebe, sie brennt mir wie ein Feuer in meine tiefste innere Seele hinein – und die Flamme glühte damals nicht so heiß an meinen Händen und Füßen, wie jetzt deine unverdiente Liebe in mein Herz hineinbrennt. – O vergib! O Vater, lieber Vater, vergib, vergib!“

Der Vater sah sie innig an, so voll Liebe und Zärtlichkeit wie an dem Tage, da Anna-Rose vor ihm stand und ihm sagte, daß sie in den Dienst gehen wolle. Vor *dem* Blick mußten alle Schatten schwinden. Dieser Blick drang wie Sonnenleuchten und Himmelstau hinunter in ihr tiefstes Herz und brachte Liebesstrahlen und Erquickungsbalsam in die Dunkelheit ihrer gramumnachteten Seele. Das war Kühle in der Schwüle! – Es war ihr, als senkte der Himmel sich hernieder, und es sei das Nahesein des Herrn ihr fühlbar und merkbar, ja mit den Händen zu greifen. O dies Nahesein brachte ihr großen Frieden in das Herz hinein. –

Dann kniete der Vater an dem Bett nieder und betete inbrünstig für sein liebes und geliebtes Kind, daß der Herr ihr alles vergeben und ihre bangende Seele nicht verlassen wolle. O es war ein Gebet, wie es nur ein *Vaterherz* in der Angst und Sorge um sein heißgeliebtes Kind beten kann, und wie es nur ein *Vaterherz,* das droben auf dem Gottesthron, zu verstehen vermag. – Danach wurde nun erzählt von Katharine und all den lieben Geschwistern, von den Verwandten und Freunden, von dem Herrn Pastor und dem alten, lieben Kantor Kunze und allen, die Anna-Rose gekannt. Der Herr Pastor hatte ihr sagen lassen, sie möge auch in dieser dunklen Zeit, wo

Der Besuch des Vaters

sie von Gott verlassen scheine, fest aufs Wort bauen und trauen und auch jetzt dabei bleiben: „Der Herr ist mein Hirte!“ –

Anna-Rose antwortete: „O lieber Vater, ja, das merke ich und fühle ich tief, daß der Herr mein Hirte ist. Ich müßte sonst vergehen in meiner Angst. Aber Er hat auch dein Herz gelenkt, daß du mir, die ich deinen Zorn und deine Verachtung verdient, daß du mir Liebe erwiesen hast – o so viele, so reiche Liebe! *Ja, Sein Stecken und Stab trösten mich!*“ So redeten die beiden miteinander in innigster Herzens- und Seelengemeinschaft unter dem Kreuz und zu den Füßen ihres Herrn.

Bisweilen wollte Anna-Rose wieder trauern und zagen: „Ach, Vater, daß es so mit mir kommen mußte! – meine Sünde, meine Sünde! meine Schuld, o meine große Schuld!

Wo soll ich fliehen hin,
Weil ich beschweret bin
Mit viel und großen Sünden?
Wo kann ich Rettung finden?
Wenn alle Welt herkäme:
Mein' Angst nicht von mir nähme!“ –

Da betete der Vater mit seiner wohltönenden Stimme weiter:

„O Jesus voller Gnad',
Auf Dein Gebot und Rat
Kommt mein betrübt Gemüte

Zu Deiner großen Güte;
Laß du auf mein Gewissen
Ein Gnadentröpflein fließen!"

Ernst und fest ermahnte er sein Kind, sich getrost an den Herrn zu halten, bei dem *viel Vergebung* ist, und sagte: „Anna-Rose, hast's ja gelernt, und wir haben's so oft miteinander gesungen, weißt noch, mit der lieben seligen Mutter, ehe wir zum Abendmahl gingen:

„Und wenn des Satans Heer
Mir ganz entgegen wär',
Darf ich doch nicht verzagen,
Mit *Dir* kann ich sie schlagen!
Dein Blut nur darf sich zeigen,
So muß ihr Trotz bald schweigen!"

Mit solchen Worten kehrte der Trost ein in das erregte Herz, und fröhlich und erhörungsgewiß konnte Anna-Rose „amen, amen!" sprechen. – Als aber das erlaubte Stündlein vorüber war und es nun wieder zum Scheiden ging, war anfangs das Weh so mächtig, so übergroß, daß es ihr das Herz zerspringen lassen wollte. Sie klammerte sich an ihren Vater und wollte ihn nicht lassen. „O nimm mich mit! O Vater, nimm mich mit!" rief sie mit flehender Stimme. „O Vater, laß mich nicht allein!" – Der Vater wies sie auf den, der bei uns ist alle Tage bis an der Welt Ende, und sagte ihr das alte Liebeswort mit innigem Gebetston vor:

„Allein und doch nicht ganz alleine
Bin ich in meiner Einsamkeit,
Denn wenn ich ganz verlassen scheine,
Ist bei mir *Jesus* allezeit:
Ich bin bei Ihm, Er ist bei mir,
So bin ich ja nicht einsam hier!“

Dann fuhr er fort mit tiefem Schmerz: „Ich kann nicht bleiben und darf es nicht, aber Er kann’s und Er tut’s auch. Er ist dein Hirte. Sein Stecken und Stab trösten dich!“ – Danach segnete er sein Kind und schied.

7.

„Du salbest mein Haupt mit Öl und schenkest mir voll ein.“

Als die dicke Kerkertür sich wieder geschlossen hatte und die Tritte im Gang verhallten, überkam Anna-Rose ein bitteres Weh. Lange weinte sie in herbstem Schmerz. So verlassen hatte sie sich noch nie gefühlt als in dieser Stunde. Das tiefste, nagendste Leid brachte aber das Bewußtsein über sie: du hast dein Unglück selber verschuldet! *„Du selbst bist Störer deiner Ruh’, du zogst dir selbst dein Leiden zu.“* Da floh sie wieder an das Herz dessen, der der rechte Vater ist über alles, was

Kinder heißt im Himmel und auf Erden, und betete mit voller Herzenstiefe:

„Ich armer Mensch, ich armer Sünder
Steh' hier vor Gottes Angesicht!
Ach Gott, ach Gott, verfahr gelinder
Und geh nicht mit mir ins Gericht!
Erbarme Dich, erbarme Dich,
Gott, mein Erbarmer, über mich!

Wie ist mir doch so herzlich bange
Von wegen meiner großen Sünd';
Hilf, daß ich wieder Gnad' erlange,
Ich armes, ich verlornes Kind.
Erbarme Dich, erbarme Dich,
Gott, mein Erbarmer, über mich!

Nicht, wie ich wohl verschuldet, lohne
Und handle nicht nach meiner Sünd';
O treuer Vater, *schone, schone,*
Erkenn' mich wieder als Dein Kind.
Erbarme Dich, erbarme Dich,
Gott, mein Erbarmer, über mich!"

So wandte sie sich wieder und immer wieder zu dem einzigen Tröster und betete das Lied: „Ich habe nun den Grund gefunden, der meinen Anker ewig hält." Da empfing sie ein so seliges Gefühl des himmlischen Friedens, den die Welt nicht hat und nicht geben kann, daß sie unwillkürlich die Augen schloß, um sich in ihre innere Herrlichkeit ganz hinein zu versenken. Sie schlief ein. Ein wunderbarer *Traum* befestigte in ihr die Gewißheit der erlangten Vergebung.

Sie wurde in einen großen Saal geführt. Hohe Bogenfenster mit buntem Glas warfen ein wunderbares Licht in den weiten Raum. Alles war dicht angefüllt mit zahllosen Menschen in weißen Kleidern, die sehnsuchtsvoll nach den großen Flügeltüren blickten. Freudenrufe wurden laut: *„Er kommt, Er kommt!“* – Schüchtern fragte Anna-Rose: „Wer kommt?“ Eine hohe Jungfrauengestalt, die neben ihr stand, antwortete: „O bist du denn solch ein Fremdling hier, daß du das nicht gehört? Weißt du denn nicht, wer kommt? – *Jesus Christus,* unser hochgelobter Herr und Heiland, kommt, und wir stehen erwartend und sehnsuchtsvoll, Ihn lobpreisend zu empfangen und zu begrüßen. O gleich kommt Er, gleich kommt Er! – Hörst du nicht den Posaunenschall? Hörst du nicht der Engel Harfenton? Hörst du nicht der Seligen Gesang, der hinüber und herüber rauscht wie Orgelton und Glockenklang: *Hosianna dem Sohn Davids! Gelobt sei, der da kommt im Namen des Herrn! Hosianna in der Höhe!?“*

Da war's Anna-Rose, als wenn alle Qualen ihres Gewissens erwachten, alle Schrecken ihrer Seele über sie hereinbrächen wie niederrauschende Wolken über ein tiefes Tal. Ihr Herz klopfte gewaltig. Es drang durch ihre Brust wie ein zweischneidiges Schwert: „*Jesus Christus* kommt, der heilige Herr, der gerechte Richter, dessen Augen sind wie Feuerflammen, heller als die Sonne am Mittag, dessen Wort durchdringt, bis daß es scheidet Seele und Geist, auch Mark und Bein, und ist ein Richter der Gedanken und Sinne des Herzens, und ist *alles* bloß und entdeckt vor Seinen Augen? – Wohin, wohin sollst du fliehen vor Seinem Angesicht? Wohin? – O ihr Berge, fallet auf mich; ihr Hügel, deckt mich vor dem Zorn des Lammes!

O Lämmlein Gottes, Jesus Christ,
Der Du mein Trost und Leben bist,
Ich armer Sünder komm' zu Dir
Und bring viel Missetat mit mir.
Ach Gott, ich hab' gesündigt sehr
Und mir gemacht ein' Bürden schwer,
Doch bitt' ich, wollst mir gnädig sein
Und nehmen weg all Schuld und Pein!"

So seufzte Anna-Rose. Rings um sie her war fröhliches Warten, seliges Hoffen. Da – alles jauchzte jubelnd auf – ein mächtiger Lichtstrom brach herein – es war strahlend hell in dem weiten Raum, als wären tausend Sonnen angezündet – da – wurden die Flügeltüren aufgetan: Engel Gottes in weiten, weißen Gewändern, leuchtend wie Schnee, traten ein; Palmenzweige und Lilienstäbe trugen sie in den Händen, Kronen auf den Häuptern. Andre trugen goldene Harfen, und duftige Kränze lagen um ihre hohen Stirnen, die mit einer wunderbaren, goldenen Inschrift geziert waren. – Es rauschte eine himmlische Musik, ein so unaussprechlich lieblicher Gesang herein, wie Anna-Rose es noch nie gehört hatte. – Alle um sie herum frohlockten. Anna-Rose aber drängte sich bangend immer mehr und mehr zurück, bis endlich ins fernste, fernste Eckchen, bis sie im äußersten Winkel stand, auf dem allerletzten Platz. –

„Gelobt sei, der da ist und der da war und der da sein wird, jetzt und in Ewigkeit!“ sangen die Engel. *„Amen, amen, amen!“* klang es von dem Chor der Seligen. Und wieder sangen die Engel: „Das Lamm, das erwürget ist, ist würdig zu nehmen Kraft und Reichtum und Weisheit und Stärke und Ehre und Preis und Lob!“ – Und wieder klang es von der Schar der Seligen und Auserwählten: „Halleluja, hallejuja, halleluja! Amen, amen, amen!“

In wunderbarer Erscheinung stand der Herr Christus nun mitten unter den Anbetenden, so herrlich, so schön, so majestätisch mächtig, so himmlisch erhaben, wie es kein Auge gesehen hat und in keines Menschen Sinn gekommen ist. – Alle blickten, selig in Liebe, auf Ihn hin und mühten sich, den Saum Seines Lichtkleides zu berühren und die Wundenmale in Seinen Händen und Füßen zu schauen. Anna-Rose aber bückte sich tiefer und immer tiefer. Sie sank auf die Knie nieder und endlich auf ihr Angesicht. Ihr Herz schlug hörbar. Und das Schlagen ihres Herzens trieb sie, mit der Hand sich an die Brust zu schlagen: „*Gott – sei – mir – Sünder gnädig!* – Gott, sei mir Sünder gnädig!"

Der Heiland ging hindurch durch die weiten Reihen. Lichtglanz strömte von Ihm aus, und ein Meer von Strahlenwellen wogte um Ihn her. Immer heller und leuchtender drang es zu ihr her. *„O weh mir, ich vergehe!"* schrie Anna-Rose. „Erbarme Dich, erbarme Dich, Gott, mein Erbarmer, über mich!" Wie ein doppelschneidiges, zweigeschärftes Schwert schnitt es mitten durch ihre bange Seele, durch ihr zerrissenes Herz. Sie wagte nicht aufzuschauen. – Bei keinem blieb der Herr stehen. Langsamen Schrittes ging Er weiter und weiter und sah sich ringsum in dem weiten Kreis umher, als ob Seine Augen jemand suchten. Da – Anna-Rose wollte in die Erde versinken – da stand Er – vor ihr: Jesus Christus, der Richter der Lebendigen und der Toten! Sein holdseliges Angesicht schaute liebend auf sie nieder. Seine Augen leuchteten so mild und wohltuend und blickten so erbarmend auf sie hin. Seine Rechte legte Er segnend auf ihr Haupt, Seine Linke auf ihr Herz: *„Sei getrost, Meine Tochter; deine Sünden sind dir vergeben!"*

Seine Stimme klang so lieb und mild wie der weichste Harfenton und doch so ergreifend und so voll wie Windesbrausen. Der Ton drang in die tiefste Seele der Anbetenden und durchzitterte ihr ganzes Wesen. Sie wagte nicht aufzuschauen, sondern umfaßte die Füße des Herrn, in denen sie deutlich die Wundenmale schaute. Ihre Tränen fielen darauf, und sie küßte diese Füße mit seligem Entzücken – und der Herr ließ es geschehen, – und sie löste ihr Haar und trocknete diese Füße, *Seine* Füße mit ihrem Haar, – und war so überaus selig, so namenlos entzückt und voll Seines Friedens, daß sie nichts weiter sah als *Ihn*, nur *Ihn*, und nichts weiter hörte als nur *Sein Wort, Sein Friedenswort: „Sei getrost, meine Tochter; deine Sünden sind dir vergeben!“* –

Da aber hob sie der Heiland empor und zog sie vor all den Engeln und Seligen an Sein Herz und küßte sie und sprach mit dem Ton der unaussprechlichsten Milde und Liebe: *„Komm her zu mir, die du mühselig und beladen bist; Ich will dich erquicken! Meine Wunden sind deine Heilung!“* – Und voller und voller klang der Seligen Gesang, und reicher und reicher tönten die Harfen der Engel, die in seliger Freude jubelten über das Herz, das die Heimat gefunden (Luk. 15, 7. 10. 24.)

„Jesus, Jesus, *Jesus!*“ rief Anna-Rose mit übermächtiger Stimme und erwachte aus ihrem seligen Traum. – Der Ton war so laut, daß ihn alle im Hause hörten und herbeieilten, zu fragen, was geschehen sei. Der Wärter stürzte in ihr Zimmer. Er war erzürnt, weil ihn der laute, durchdringende Ruf so erschreckt hatte, und wollte eben anfangen zu schelten. Aber ganz plötzlich legte sich sein Groll, als er Anna-Rose auf ihrem Bett sah, die Arme weit ausgebreitet nach oben gestreckt, auf den nassen, blassen Wangen große, dicke Tränentropfen und dabei eine so lichte Verklärung ausgegossen über das schöne jungfräuliche Angesicht, daß der rauhe Mann erstaunt stehenblieb und die Hände faltete.

„O das war so schön, so schön!“ flüsterte Anna-Rose leise und wußte sich erst gar nicht zu finden. „O habe Dank, hab Dank, mein Heiland, für solche Gabe und Gnade! Ja, Du ewiger Erbarmer, Du erbarmst Dich voll Lieb und Huld auch über mich! Du salbest mein Haupt mit Öl und schenkest mir voll ein! Dein Name sei gelobt immer und ewiglich! Amen.“

8.

„Du bereitest vor mir einen Tisch gegen meine Feinde.“

Obwohl die Gerichtsherren inniges Mitleid mit Anna-Rose hatten, konnten sie doch nicht das Recht und seinen Spruch ändern. Das Gesetz forderte die Todesstrafe für das begangene Verbrechen, da eine alte, kranke Frau und ein kleines Kind bei dem Brande ihr Leben verloren hatten.

Anna-Rose mußte demnach als *„Mordbrennerin“* zum Tode verurteilt werden.

In Anbetracht und Erwägung aber der vorliegenden mildernden Umstände wurde auf lebenslängliche Zuchthausstrafe erkannt.

Sobald es ging, wurde Anna-Rose in die Strafanstalt zu Brieg abgeführt. O wie entsetzlich war ihr die Fahrt auf dem Wagen, zu dessen Bedekkung ein Landjäger beigegeben wurde. Der Direktor des Zuchthauses kannte den ganzen Verlauf der Sache und behandelte die Verurteilte mit großer Zartheit und Schonung. Soweit es nur irgend erlaubt war, wurden ihr Erquickungen gereicht und die Arbeit erleichtert. – Der Geistliche der Anstalt nahm sich ebenfalls ihrer liebevoll an, und selbst die Züchtlinge, nachdem sie die erste Zeit das stille, sanfte Mädchen verhöhnt und verspottet, sahen bald mit einer gewissen Scheu der Liebe und Verehrung an ihr hinauf und nannten sie aus vollster Überzeugung: *„unsre Heilige“*.

Öfters kam auch ihr lieber Vater in seinem dunkelgrünen Sonntagsrock und herzte und küßte sein Kind und brachte ihr Blumen mit vom Grabe der seligen Mutter. Das waren dann herrliche Feststunden, an deren übergroßer Freude Anna-Rose lange zu zehren hatte.

Eines Tages besuchte sie auch ihr Dienstherr, der Schulze von Waldtal. Ich wollte, wir hätten alle dabei sein können, als er seine „Anna-Rose“, die er trotz alledem doch im Herzen liebbehalten hatte, wiedersah. „Ich bin heute so glücklich wie kein Mensch auf der ganzen weiten Welt,“ sagte er. – „Wir haben eine Entdeckung gemacht!“ rief er freudestrahlend aus; „das ist für mich die liebste und schönste des ganzen Jahrhunderts. Anna-Rose, denk dir, denk dir, *die Schere ist wieder da, Anna-Rose, die Schere ist wieder da!*“ – Und nun erzählte er, wie Jette, die Viehmagd, kürzlich schwer krank geworden sei und habe den Herrn Pastor um das heilige Abendmahl gebeten. Der Herr Pastor sei dann auch mit dem Herrn Küster gekommen. Da habe aber die Jette gebeten, sie wolle mit dem Herrn Pastor erst allein sprechen. Und als der Herr Küster hinausgegangen sei, da habe die Jette dem Herrn Pastor bekannt: „O lieber Herr Pastor, ich bin die schändlichste Person, die auf Gottes Erdboden herumläuft, ich bin nicht wert, daß die Sonne da auf mein Deckbett scheint. O denken Sie, – ich kann's kaum sagen, aber es *muß* heraus, denn ich komme nun bald vor das Gericht des lebendigen Gottes! – Denken Sie, – ich – ich – habe *die Schere gestohlen!* Hier ist sie. – Die arme Anna-Rose ist ganz unschuldig. – O die arme – arme Anna-Rose!“

Die Jette habe dann erzählt, sie habe mittags beim Abnehmen der Schüsseln die Schere eingesteckt und sie heimlich in ihrem Rock verborgen gehalten bis zu dem Tage, da sie krank geworden sei. Aber nun hätte sie keine Ruhe mehr gehabt, jetzt habe sie den Diebstahl gestehen und die Schere herausgeben *müssen.* – Sie hätte dann den Herrn Pastor gebeten, am Sonntag vor der ganzen Gemeinde die Sache von der Kanzel zu erzählen, und das habe der Herr Pastor auch getan und habe der Gemeinde gründlich das Gewissen geschärft und endlich aufgefordert, für die arme Jette zu beten. – Und da hätten alle auf den Knien gelegen, und der Herr Pastor hätte so schön gebetet wie noch nie, – und als er – hier konnte der Schulze nicht weiterreden, denn Weinen erstickte seine Stimme, – als er an die Anna-Rose gekommen wäre, – hätte er geweint und nicht weitergekonnt, und die ganze Gemeinde hätte geschluchzt und so laut geweint, daß es hätte einen Stein erbarmen müssen. – Dabei schluchzte er selber wieder laut auf. –

Mit innigster Teilnahme fragte Anna-Rose zuerst nach dem Ergehen der armen Jette und hörte nun, wie sie ernstliche Buße getan und ihre Sünden bitter bereut habe, so ernstlich, daß der Herr Pastor und auch der Herr Kantor und Küster fest überzeugt wären, sie habe den Herrn redlich gesucht und sei auch von Ihm angenommen. Vor etwa vierzehn Tagen nun habe sie das heilige Abendmahl empfangen und sei bald danach ohne Kampf selig hinübergegangen. Ihr letztes Wort sei gewesen: „Grüßt mir noch einmal unsre *liebe Anna-Rose* und sagt ihr, sie möge der bösen Jette ihre Bosheit vergeben.“ Dann habe sie gerufen: *„Christus, du Lamm Gottes, der Du trägst die Sünden der Welt, erbarme Dich unser!"* und noch einmal das Wort gesprochen, und in dem dritten: „Christus, Du Lamm Gottes" sei sie bei dem: „Gib uns Deinen Frieden" steckengeblieben, und das Herz habe nicht mehr geschlagen. –

„O Herr, Du treuer Gott, hab Dank! Ja, Du erhörst Gebete!" rief Anna-Rose lobpreisend aus, „hast auch mein brünstiges Flehen für unsre liebe Jette erhört. O gib auch uns eine selige Heimfahrt! *Mein Gott, ich bitt' durch Christi Blut, mach's nur mit meinem Ende gut! Herr, nur selig! Nur selig!"* – *„Ja, nur selig!"* sagte der Schulze und schied mit Tränen von der teuren Anna-Rose, nachdem er versprochen, bald wieder zu kommen und auch die liebe Schulzenfrau und die Kinder mitzubringen.

9.

„Gutes und Barmherzigkeit werden mir folgen mein Leben lang."

Nachdem Anna-Rose fast zwei Jahre in der Brieger Anstalt gelebt hatte, sah man deutlich, wie ihre Gesundheit hinwelkte gleich einer Blume ohne Licht und Luft. Sie wurde blaß und immer blasser und so matt und kraftlos, daß sie nach der geringsten Anstrengung erschöpft niedersank. Sie wurde darum bald von aller Arbeit befreit und konnte nun ganz ungestört ihr stilles, verborgenes Glaubensleben führen.

Beten und Bibellesen, Kirchengehen und zu den Mitgefangenen reden, war ihr seliges Tagewerk. Und wie reich hat der Herr ihre stille Arbeit an den Seelen gesegnet, ohne daß sie selber es merkte und ahnte! Ihr ganzes Wesen predigte, wenn ihr Mund auch nicht ein einziges Wort redete. Der Direktor sagte oft zu dem Pastor: „Bei der Anna-Rose kann man's sehen, was es heißt: *‚Ihr seid gestorben, und euer Leben ist verborgen mit Christus in Gott!‘* (Kol. 3, 3.) Wer sollte es der Anna-Rose in ihrem Züchtlingskleid anmerken, daß sie ein seliges, freies Kind Gottes ist, die alles, selbst den Tod, schon überwunden hat (Joh. 5, 24) und reicher und zufriedener ist in ihrem Gott als manche hohe, vornehme Dame in ihren Samt- und Seidenkleidern, als manche Fürstin auf ihrem Throne? – *Gutes und Barmherzigkeit* folgen ihr auf allen Schritten und Tritten.“

Zusehends verschlimmerte sich Anna-Roses Krankheit. Die Schwindsucht malte bald ihre blühenden Rosen auf die blassen Wangen und gab ihrem tiefdunklen Auge einen noch wunderbareren Glanz. Sie war so schön, wenn sie mit ihrer schlanken Gestalt und der ihr angeborenen Anmut und Kindesunschuld in dem Gesicht dastand, daß manche Besucher der Anstalt sie nicht genug anstaunen konnten.

Der Arzt befahl bald, daß sie ins Lazarett kommen sollte. Sie war nicht bettlägerig, bedurfte aber einer besondern Pflege. – Da war es rührend, zu sehen, wie die Gefangenen sich mühten, ihr einen Dienst zu erweisen. Einige hatten sogar heimlich gespart und den Herrn Direktor gebeten, doch zu erlauben, daß der lieben Anna-Rose für das Geld Erquickungen gekauft werden dürften.

Der Direktor besuchte Anna-Rose fast ebensooft wie der Geistliche der Anstalt und hatte seine innige Freude an der Unterredung mit ihr, in der sie, ohne daß sie es wußte, die lieblichsten Perlen aus dem reichen Schatz ihres Herzens darbot. Er sagte öfters zu seiner Frau: „Wenn ich mit der Anna-Rose rede, so ist's mir nachher immer, als sei ich in der Kirche gewesen. Solch eine Tiefe der klarsten *Sündenerkenntnis* und zugleich solch ein Friede der seligsten *Heilsgewissheit* wie bei ihr ist mir doch niemals vorgekommen. Diese beiden Hauptpunkte des ganzen Christentums hat mir kein Pastor und kein Professor so klargemacht wie das liebliche Kind Gottes, das man, trotz seiner Sünde und Schuld, immer lieber gewinnen muß, je mehr man mit ihr redet. Mitten in ihrem Elend preist sie laut die Treue ihres Gottes, die ihr *Gutes und Barmherzigkeit folgen läßt ihr Leben lang.*"

Eines Sonntagabends war er wieder, nachdem der Anstaltsprediger eben mit ihr innig geredet hatte, in dem Lazarettsaal bei Anna-Rose. Sie hatte aus ihrer Bibel gebetet und zu dem 23. Psalm das Wort aus Johannes 10, 11 gelesen von dem *guten Hirten Jesus Christus*. Da fragte er sie freundlich: „Nun, Anna-Rose, wie geht es dir?" Sie antwortete mit strahlendem Gesicht: „O Herr Direktor, ich danke Ihnen, es geht mir, Gott sei Dank, sehr, sehr gut!" –

Im Laufe der Unterredung sagte der Direktor: „Ich habe schon hin und her gesonnen, womit ich dir wohl einmal eine Freude machen könnte. Weißt du nichts, Anna-Rose?" – Sie sah ihn groß an und sagte: „Ach, Herr Direktor, wie soll ich Ihnen alle Ihre reiche Liebe danken? Gott wird's Ihnen lohnen, Ihnen und Ihren Kindern, hier und dort. Aber ich habe keinen Wunsch mehr als nur *selig! nur selig!* Ich habe es alles genug. Und doch – ja, *einen* Wunsch, den habe ich freilich noch im stillen Herzen – aber –" – „Sag's mir nur frei heraus," antwortete der gütige Direktor.

Da trat Anna-Rose vor ihn hin und sagte: „Sehen Sie, Herr Direktor, dieser eine Wunsch ist: ich möchte gar zu gern nur noch ein einziges Mal nach Waldtal. Dort möcht' ich vor alle Häuser gehen und auf der Türschwelle niederknien und so lange weinen und bitten und liegenbleiben, bis all die lieben Menschen dort mir meine große Sünde vergeben haben. Und dann – sehen Sie, ach, dann möchte ich noch *einmal* ins Heimatdorf, möchte meinen *lieben, lieben Vater* und meine Geschwister und den Herrn Pastor sehen und den Herrn Kantor und die Lieben alle dort und noch ein *einziges* Mal, – ach, das letztemal, an dem – Grabe meiner lieben seligen Mutter beten!"

Tiefbewegt antwortete ihr der Direktor: „Liebe Anna-Rose, der letzte Wunsch ist dir gewährt. Ich habe aus Berlin heute ein Schreiben empfangen, daß unser lieber König dir die Strafzeit gemildert hat. Schon am Ende dieses Jahres sollst du frei sein. Kannst indes schon, sobald du etwas wohler bist, einmal zu deinem Vater fahren. Ich will das schon einrichten und verantworten. – Aber nach Waldtal, – sieh, nach Waldtal geh nicht, mein Kind! Was willst du da? *Menschen*, ach *Menschen* vergeben so schwer, und *vergessen* können sie gar nicht! Laß die *Menschen* und wende dich allein an den *Herrn* und *Heiland, bei dem viel Vergebung ist,* dessen Barmherzigkeit dir gefolgt ist dein Leben lang!"

Anna-Rose hörte ihm still zu und sah ihm innig dankbar in sein Angesicht. Aber sie war so erschöpft, daß sie, einer Ohnmacht nahe, auf einen Holzstuhl niedersank.

10.

„Und ich werde bleiben im Hause des Herrn immerdar.“

Es war in der Abendstunde, als die beiden so miteinander redeten. Die Sonne war eben im Niedergang. Sie vergoldete mit ihrem letzten Purpurschein die Spitzen der Berge und legte einen strahlenden Saum um die Abendwolken. Aber nicht nur Berge und Wolken sah sie noch einmal verherrlichend an, sondern sie gleicht ja der Liebe Gottes, die auch des Kleinsten und Geringsten gedenkt und auch dahin ihr Gnadenlicht sendet, wo ohne sie tiefes Dunkel ist. – So fielen die Strahlen der Sonne auch in den Lazarettsaal des Zuchthauses und machten den düstern Raum licht und hell, als wollten sie einen Himmelsgruß hineinmalen von der ewigen Heimat, wo kein Leid mehr sein wird noch Geschrei noch Schmerzen.

Der Direktor sagte abermals zu Anna-Rose, als sie sich erholt hatte: „Mein liebes Kind, laß die *Menschen* und wende dich allein an den *Herrn, bei dem viel Vergebung ist!* Den bitte um Gnade, den ruf an um Vergebung aller deiner Sünden!“ – Da stand Anna-Rose von ihrem Sitz auf und trat groß vor ihn hin und sagte mit erhobener Stimme und mit dem Frieden des Herrn auf ihrem

Angesicht: „Herr Direktor, *o den habe ich* angerufen Tag und Nacht, und ich weiß, *Er hat mir vergeben!* Ja, wahrlich und gewißlich; *Er hat mir vergeben!*“

Freundlich nahm der Direktor ihre beiden magern Hände in seine Hände und hielt sie eine kleine Weile darin. In demselben Augenblick sandte die Abendsonne ihre letzten goldenen Strahlen in das Zimmer, und diese legten sich wie ein Heiligenschein um Anna-Roses Haupt, daß sie dastand in einem Verklärungsschimmer, wie der Direktor so lieblich und hehr es nie vorher noch nachher gesehen hatte. Er fragte: „Mein Kind, weißt du ganz, ganz gewiß, daß *dir vergeben* ist?“ – Da hob Anna-Rose die großen, schönen Augen empor und sah hinein in das Purpurgold der wunderbar majestätischen Abendsonne und rief wie in seliger Verzückung aus:

„Ich weiß es, ich weiß es
und will es behalten,
So wahr Gottes Hände das Reich
noch verwalten,
So wahr Seine Sonne am Himmel noch
pranget,
So wahr hab' ich Sünder Vergebung
erlanget!“

Erstaunt blickte sie der Direktor an. Sie hielt eine kleine Weile inne. Dann sprach sie leise weiter, als sie sich ein wenig gesammelt hatte:

„Ich habe die *Sünde* von Herzen *verfluchet,*
Ich habe die *Gnade* mit Kummer *gesuchet,*
Ich habe im Glauben mit Jesus gerungen,
Ich hab' Ihn mit Weinen und Beten
bezwungen.

Ich wußte: du bist in der Sünde verloren;
Ich wußte: für dich ist der Heiland geboren;
Ich wußte: so wie du bist, sollst du nur
kommen;
So kam ich, so hat Er mich an sich
genommen.

Ich wußte dem Helfer nichts andres zu
sagen,
Als daß Er für mich schon die Sünde
getragen;
Ich wußte dem Lamme nichts Beßres zu
bringen,
Als mich um die blutigen Füße zu
schlingen."

Verklärt schaute sie nach oben. Ihre Stimme war verhallt wie ein matter Atemzug. Mit himmlischseligem Friedensgefühl blickte sie hin auf das kleine Bild, das über ihrem Bett hing, und flüsterte leise, kaum hörbar, aber unaussprechlich sanft und innig:

„Deine Dornen meine Rosen,
Deine Pein mein Paradeis!
Wenn des Todes Tiefen tosen,

Flüstr' ich noch mit atemlosen,
Mit erblaßten Lippen leis:
Deine Dornen meine Rosen,
Deine Pein mein Paradeis!"

Es war, als wenn dieses Liedes Worte ihr neue Kraft verliehen hätten. Ihr ganzes Wesen war wie mit Verklärungsglanz übergossen, ein lieblich Bild des Friedens Gottes, der höher ist denn alle Vernunft, eine sichtbare Darstellung des köstlichen: „Es glänzet der Christen inwendiges Leben." An ihr sah man: „Was niemand verspüret, was niemand berühret, hat ihre erleuchteten Sinne gezieret und sie zu der göttlichen Würde geführet." – Freudig erhob sie ihre Stimme, und innig und klangvoll rief sie, wie von unsichtbaren Mächten getrieben, triumphierend aus:

„Ja, ja! Amen, amen! Er hat mir vergeben. *So wahr Seine Sonne am Himmel noch pranget, so wahr hab' ich Sünder Vergebung erlanget!* – Der Herr ist mein Hirte! – Du bist mein, und ich bin Dein, und niemand kann uns scheiden! – *O Jesus, – o Jesus* – Vergebung – Halleluja, – Lamm Gottes! o Jesus!" – – – Da sank sie um und war selig heimgefahren zu dem, der ihr Sein Wort geredet: *„Sei getrost, Mein Kind; deine Sünden sind dir vergeben!"* zu dem, in dessen Haus sie nun bleiben wird immerdar. – –

Erschüttert und erschreckt und doch tief selig bewegt stand der Direktor vor der Heimgegangenen, auf die des Abendrotes erlöschender Pur-

purschimmer fiel. – Sie war nun *frei* geworden durch des größern Königs Gnade und erlöst zu der herrlichen Freiheit der Kinder Gottes. – Es wurden viele Tränen um sie vergossen. Selbst die rohsten Verbrecher, die man noch nie hatte weinen sehen, schluchzten, als sie von ihrem seligen Heimgang erfuhren. – Der Pastor hielt die Leichenrede über das Wort: *„Bei Ihm ist viel Vergebung!" (Jes. 55, 7.)*

Das kleine Kreuz auf ihrem Grab trägt die Inschrift: *„Der Herr ist mein Hirte"* (Ps. 23, 1).

Und nun, lieber Leser, bei dem dies Büchlein anklopft, möchte' ich dich leise bei der Hand nehmen und dir ein einzig Wörtlein fragend ins Herz rufen: Sag', hast du Vergebung der Sünden? – Kennst *du den,* der sie dir erworben? Weißt du, um welchen Preis du erkauft bist? Willst *du selig* werden?

Komm mit mir unter *Sein Kreuz;* da wollen wir die Knie beugen: Herr, erbarme Dich, o Herr, nimm uns an! O Herr, sei Du unser Hirte und laß uns Deine Schafe und Lämmlein sein! Um deines Leidens und Sterbens willen bringe uns in die Heimat. Du weißt, wir haben das Heimweh! O laß uns nach Hause kommen! Löse, erstgeborner Bruder, doch die Ruder meines Schiffleins, laß mich ein in den sichern Friedenshafen zu den Schafen, die der Furcht entrückt sind! – Ach, lieber Heiland, nimm uns an! O Jesus, mach' ein

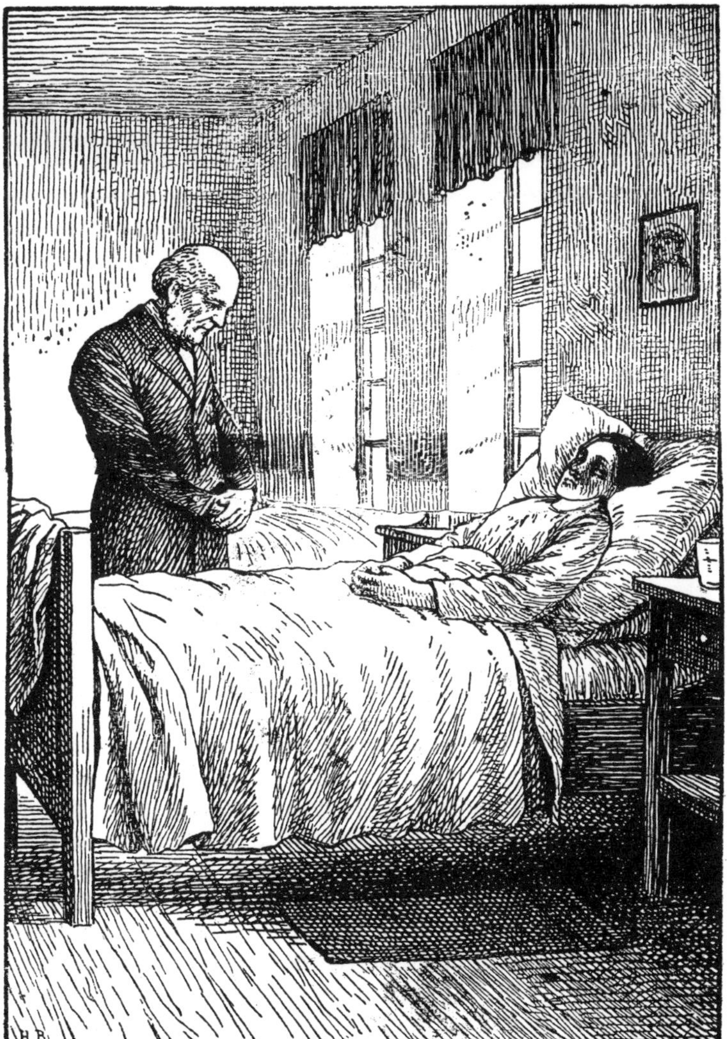

Seliger Heimgang

Ende und hol' uns aus dem Streit! Wir heben Haupt und Hände nach der Erlösungszeit! Wir wissen's seliglich, Du hast genug getan für uns, und können im Sterben getrost sprechen: „Meine Arbeit geht zu Ende, und der Sabbat bricht mir an: die durchgrabnen Füß' und Hände haben all's für mich getan." Dir folgen wir – o stärk uns dazu! Geht's auch, wie es gehe, wenn wir nur Dich haben, wenn wir nur bei Dir sind! O Herr, hilf! Lehre uns, festiglich und mannhaft an Dich uns halten und allzeit zu Dir flehen:

„O meines Lebens Leben
Dir will ich mich ergeben
In meiner letzten Not;
Ich will mein Bette machen
In Deine liebe Gruft,
Da werd' ich schon erwachen,
Wenn Deine Stimme ruft."

Herr, gib Du, wie Du's verheißen hast, zu dem Wollen auch das Vollbringen nach Deinem Wohlgefallen! (Phil. 2, 12.13.) Du bist uns treu, mach uns *Dir* treu! Mein Gott, mein Gott, ich bitt' durch Christi Blut, mach's nur mit meinem Ende gut!

Ja, Herr, nur treu, nur treu! Ach, Herr, nur selig, nur selig! Amen.

Zum Schluß merk' noch, lieber Leser:

1. Du mußt entweder siegen oder – verderben.

2. Sieh nicht auf das Handgeld, sondern auf den *Herrn*. Der Teufel gibt Silberlinge, allein das Ende ist Verzweiflung.

3. Wer sein Herz fleißig wahrnimmt, tapfer bekämpft und treu bewahrt, hat die drei größten Taten getan, wenn sie auch Menschenaugen nicht sehen.

4. Bitte täglich um ein weites *Herz* und ein enges *Gewissen*.

5. Zerbrich den Kopf dir nicht, doch zerbrich den Willen, das ist mehr.

6. Wer glaubet, der ist groß und reich, er hat Gott und das Himmelreich; wer glaubet, der ist klein und arm, er rufet nur: „Herr, Dich erbarm!"

7. Sag's alle Tage deinem Herrn: „Gott, wollst unterm Süß und Herben mir das Allerschönste geben; laß mich lebend selig sterben, laß mich sterbend selig leben!" Amen.

„Der Tod ist der Sünde Sold; aber die Gabe Gottes ist das ewige Leben in Christus Jesus, unserm Herrn" (Röm. 6, 23). Noch einmal aus vollster Seele und damit anhaltend, bis uns Herz und Augen brechen: „Mein Gott, mein Gott, ich bitt' durch Christi Blut, mach's nur mit meinem Ende gut!" Amen.

Ich will selig sein! Dich nur nennen mein!
Bräch' mein Herze mir in Stücken,
Will Dich fest ans Herze drücken,
Dir, nur Dir mich weihn! Ich will selig sein!

Ich will selig sein! Herr, ich warte Dein!
Wollst mich vor des Todes Schrecken
Mild mit Deinen Flügeln decken,
Daß ich sanft schlaf ein: Ich will selig sein!

Ich will selig sein! An mein Bettelein
Wirst, mein Heiland, Du einst treten,
Hörst mein letztes, leises Beten,
Sprichst: „Komm zu Mir ein, du sollst selig
sein!

Du sollst selig sein in dem Himmel Mein!
Mit den Überwindern allen,
Die in weißen Kleidern wallen,
Wird die Palme dein: Du sollst selig sein!

Du sollst selig sein! In der Engel Reihn
Wirst du Lilienstäbe tragen
Und die goldnen Harfen schlagen,
Mir zum Ruhm allein:
Du sollst selig sein!"

Anhang

Brief einer Mutter an ihre erwachsenen Kinder

Liebe Kinder,

da wir schon lange nichts voneinander gehört haben, will ich Euch ein paar Zeilen schreiben. Die Zeit verrinnt so unter den Händen, daß man gar nicht zur Besinnung kommt. Das Irdische nimmt den ganzen Menschen gefangen und wo wir ewig zu sein wünschen, nämlich doch im Himmel, da gedenken wir so wenig - oder gar nicht - dran. Ach, könnte man sich doch so recht freimachen lassen von all dem Vergänglichen. Dieses kann aber nur Christus in uns bewirken, wenn wir uns ihm ergeben und unser Herz ihm schenken, ihn bitten mit Gebet und Flehen, daß er uns von allem frei machen möchte; von all unsern Sünden, Weltliebe, Heuchelei und wie die Laster alle heißen. Dieses geschieht nicht auf einmal. So nach und nach, wie Gott es für einen Jeden für richtig hält, befreit er ihn davon, vorausgesetzt, daß man ernstlich frei werden möchte. Er verlangt unser ganzes Herz. Ob wir nun arm oder reich sind, ist dabei nicht wichtig, sagt er doch: Trachtet am ersten nach dem Reiche Gottes und nach seiner Gerechtigkeit, so wird euch solches alles zufallen. So macht es der Herr nun auch mit mir. Es gibt keinen herrlicheren Stand, als den Christenstand. Möchte Gott Euch dieses auch erkennen lassen. Vater und ich beten täglich für Euch, auch um Euer irdisches Wohlergehen, jedoch ist das ewige viel, viel wichtiger.

Die Wunder Gottes, die in letzter Zeit bei uns geschehen sind, sind bald unbegreiflich, wenn ich sie schildern soll. Wir werden sie dann mal persönlich erzählen. Alles liegt in Gottes Hand. Wir sind und können nichts, nur sündigen.

Wir werden nun bald mit dem Bau unserer Kirche beginnen. Die Genehmigung haben wir. Zum Herbst soll sie fertig sein, dann werden wir, so Gott will und wir leben, Einweihung feiern. Unsere Gemeinde vergrößert sich sichtbarlich. Es kommen viel neue Mitglieder hinzu. Vater ist mit der Gemeindearbeit schon fast ausgelastet. Ja, der Herr führt die Seinen wunderlich. Wer Gott vertraut, hat wohl gebaut! Leider versteht Ihr es nicht und meint, es muß alles aus Eurer Kraft kommen, aber aller Segen kommt von oben, auch, wenn Ihr es nicht glaubt. Ich habe früher genauso gedacht, doch als mir der Herr die Augen öffnete und ich meinen großen Seelenschaden erkannte, was in meinem Herzen für ein abscheuliches Gift steckt, und ich meine Sünden von Herzen bereute, da nahte sich Jesus zu mir und vergab mir meine Sünde. Nun kann ich seine Güte nicht genug preisen, daß er auch mich nicht verstoßen will, sondern mich annehmen und selig machen. Welch ein Jubel ist das im Herzen! Nie wollte ich wieder zur Welt zurückgehen, der Herr möchte mich davor bewahren. Ich weiß es, ich weiß es und will es behalten, so wahr Gottes Hände das Erdreich verwalten, so wahr die Sonn am Himmel pranget, hab ich Sündenvergebung erlanget. Das wird dann ganz gewiß im Herzen.

Alles was solange wichtig und richtig war, ist nun falsch. Gott gibt ganz neue Gedanken, Worte und Werke. Siehe ich mache alles neu, spricht er. Ja, es ist ein Wunder vor unseren Augen. Sehende Augen gibt er den Blinden, die hart Gebundenen macht er frei, seine Liebe ist mancherlei.

Ja, auch Euch wünschen wir dies große Glück. Es liegt aber bei einem jeden selbst, wie er sich entscheidet, einer kann den andern nicht selig machen. Ein jeder muß für sich selbst ja den letzten Gang gehen. Da geht dann keiner mit über den Todesjordan. Entweder empfängt der Teufel und die Hölle, das ewige Feuer einen, wenn er gottlos gelebt, oder Jesus bringt ihn hinüber in sein ewiges Reich, wo Freude und liebliches Wesen zu seiner Rechten wird sein ewiglich. Zwei Wege, schmal und breit, Himmel und Hölle, entscheidet Euch für den Richtigen!

Aber hast du nun die Perl errungen, denke ja nicht, daß du nun alles Böse hast bezwungen, was dir Schaden pflegt zu tun, sagt der Dichter. So ist es auch. Täglich sündigt man noch und muß man um Vergebung der Sünden Gott bitten. Weil wir ja in Sünden empfangen und geboren sind, durch unsere Erbeltern Adam und Eva, wird sie uns bis ans Lebensende nachschleichen. Aber Jesus hat für alle Menschen gebüßt am Kreuzespfahl, für die Sünden aller Welt. Wir brauchen uns nicht zu fürchten, war er doch genau Mensch wie wir und kennt unsere Schwachheit. Ob wir wohl sündigen, haben wir doch Jesus als unseren Fürsprecher bei Gott. Wenn wir reuig Gott alles bekennen, vergibt er uns täglich unsere Sünden. So wird es bleiben bis ans Lebensende. Bleiben wir an ihm, bleibt er in uns und wird uns durch die Wüste dieses Lebens hindurchbringen zum ewigen Leben.

Wie sehnt sich die Seele, frei und rein zu werden von diesem sündlichen Wesen, nach den himmlischen Friedenshütten. Ausgespannt zu sein vom Getreibe dieser Zeit. Aber wie der Herr will, bin auch gern hier, solang es ihm gefällt, dem Herrn, Herrn.

Ja, meine Lieben, beide, nehmt mir es nicht übel, daß ich so schreibe, es tut so wohl, sich mal aussprechen zu können.

Alles Gute und Gott befohlen!
Eure Mutter